U0024032

馮冬詩集

平行

Parallel Tongues

舌頭

Poems

by

Peter Feng

For Ayin

序

路　東

　　這是一本綻露了異端氣息的詩集。

　　打開它，對大部分被日常閱讀態度左右的讀者來說，將要進入的是一個句子的暈圈地帶。在人們質疑這是多麼離譜的作品之前，首先需要發問的是，我們已真正學會閱讀了嗎？當無思者突然被問及什麼貫穿了閱讀？或閱讀中什麼正在發生？日常姿態中漫不經心的閱讀之事，也就不再是對句子的習俗性消遣，如此這般，與句子相遇之事，才可能顯露出人在句子中成長的契機。在字與詞已被庸常化的年代，詩仍在提醒我們，句子相關於人的命運，句子越具備深淵性，滋養的力量也越充沛，當某種未被認領的力量從句子中湧現，這成長的契機也就近在身旁。但人們已被多餘和過剩的句子壓迫了太久，習俗性閱讀的後果是沉重的，習俗性閱讀輕蔑了思與想的發軔，它實際上已介入了對創造性寫作的對抗。

與詩之寫作的秘密相關，但首先與詩有關，從字與詞到句子的誕生，再至句子與句子之間，存在著另外一些至今不為人們覺知的秩序，它蘊含在語言的可能中，也蘊含在人的存在之可能中。這部詩集中出現了大量句子的暈圈，它比所有可見之物更加曖昧，這些暈圈，閃爍著詩人意識深度眩暈時發佈的微光，它產生於思與想的隱微運動，在這種平行互生的運動中，字與詞的遊戲風聲不止，句子的暈圈也就不會消失。從書寫史或閱讀史看，當姿態如嬰的句式從世界的欠缺處綻出，它必會產生語意的暈圈，這樣的暈圈其實並不多見，以往日子裡人們極少遭遇過它。事實上，人們習慣於過通俗的日子，總是不在意暈圈中懸而未決之物，也不以為有什麼將從這些暈圈中饋贈而出。人們一再忽略暈圈對在場事物的暗示力，除了遲疑、拒絕或避讓，大部分讀者不會對這些微光初現的暈圈產生興趣，而閱讀，往往正是中斷於思與想之匱乏。但詩人，向來就立身在開啟性書寫的風險中，也只在陌異性言說中才湧現自身，這些作品果真與暈圈之為暈圈有關，它就與尚未到場者有關，它就必定有為之驚訝者。

《平行舌頭》這部詩集，從品質上有別於其它同類讀物，它是眾多差異性句子的聚集之所，差異者的聚集，首先提示了對差異的敬重，各種句子形態不同表情不一，它們在相互給予中相應而生，在場者仍是未完成者，也都置身在存在的可能中。這裡沒有規訓式的力量，既無絕對者不可質疑的隱影，也無相對之物熙熙攘攘的庸常姿態，這種對絕對和

相對兩者同時不認同的決斷，幾乎是一種拒絕在現成道路上行走的決斷，這造成了詩人與現實的緊張關係。但這卻恰當地意味著詩人已在先領會到，人已被歷史性地耽擱了，人這個詞，仍是這個世界上最可疑之詞，它需要在剝離中重新發軔，而現實，只不過是一場遊戲並未真正展開的地方。離開了詩性充沛的句子，這場遊戲仍將不會在大地上充分展開。馮冬經受並追問了經典知識學和東西方舊文學觀瓦解的實事，就這方面而言，馮冬不同於他同時代的眾多詩人，這不僅在於他對語言自身的奧義極度敏感，不僅在於他關注知識性高於知識學，也不僅在於詩人對自我與他者的長期沉思，還在於詩人能夠破除人的身份前置性的假想，把對人的身份的命運式發問直接帶入存在的可能中去，詩集中有大量於此相關的句子，如〈你和我〉、〈隱喻七章〉、〈人類的孩子〉等，我們從中不難看出詩人處在極深的疑慮中。詩人的疑慮深入了時代，但命運的力量呼之未出。

　　對極少數詩人來說，有限者的寫作是急迫的，急迫，不完全是有限者對有限性的意識，這急迫還來自於人在語言中止步不前，我們生活在多餘和過剩的句子堆積的世界上，它們佔據存在者的空間並堵截了陌生者的出場。從根本處看，這仍是偽意義的佔據，極少數詩人克服讀者的非議，正從偽意義撤回到事物原初的含義中去，他們對虛擬了基礎的共識與集體性已經厭煩，馮冬屬於這極少數詩人中的一個，而且是其中最為極端的一個。我向來認為，一個不被常識趣味糾

纏的詩人，一個意識時常眩暈的詩人，往往是天份極高的詩人，對這樣的詩人來說，詩的書寫中隱含了出路。但這種別開生面的書寫，也總是語言從書寫者生命中的綻出，也總是指向存在之可能。把馮冬的作品放入眾多詩作中打量，我們會覺得它是與瘋癲相似的作品，在馮冬的作品中，很難找到合乎常情或與常理妥協的句子，一切以尋常方式在場之物都被捲入創造的慾望中了，無論是不可上手只有聯想力才能抵達的事物，還是切近身旁的事物，只要它們還被庸常的現實意義支配著，一旦進入馮冬的詩句，它們就成了既暗又陌生的難以思議之物。這種暗，是它們在人的肉眼中從未直接裸露的暗，這種暗，直接指向事物自身的物性，也只有從創造性書寫而出的詩句，才能將這種暗從附加其上的文化垃圾中剝離出來。

　　從瓦解字與詞的舊制度開始，自覺的詩人，不在語言之外兜圈子。詩人的命置入在語言中，詩，從它最初發軔，就是內在於語言自身的事件，如前所言，人在句子中湧現自身，詩人必回到對語言遊戲之奧義的領會中，才可創造出嶄新的句子秩序。讀者可以自問，如此這般的句子秩序意味著什麼？

　　幾乎可以說，從這部詩集中任何一首詩，我們都能直觀到詩人對語言的態度，馮冬可能會認為，世界的深度是句子的深度，世界的匱乏也是句子的匱乏，在馮冬這裡，這兩種表述又都使命性地指向人。人無法從句子世界中逃離，人的

身份是靠句子創造出來的。一些句子正在死去，一些句子還有待被說出，馮冬站在形而上下的裂隙處開口言說，這些句子在差異中相應，有某種東西已露出了端倪，它正在出場，但尚未命名，這些或迷離或深邃的詩作中，有詩人莫名的隱痛和鄰近某地時的驚悸。他的詩作中物象在飄移，但絕無尋常二元對象性界別之目光的度量，從這些鮮活的句子身上，幾乎看不到任何經典的影子，在句子，我們看見了字與詞位置的虛擬，它動搖了舊句式的秩序。讀馮冬的詩，我們越往匪夷所思處讀，就越能覺察到一種實事：他的作品與寫作史不合作，也不在乎寫作制度，更不在乎日常流俗的經驗。

就詩藝而言，馮冬已進入書寫遊戲的微妙處，大師有大師們的詩藝，馮冬有大師們並不擁有的詩藝。一個具深淵氣質的詩人在書寫的風險中，從閱讀的角度看，馮冬的詩也發出了邀約，但他似乎是在邀約一群匿名者的到場，或者說，即便他的詩並沒有對讀者的資格提出要求，大多數讀者，也仍還沒有做好接受它的準備。

《平行舌頭》讓我不安，一定有什麼正在發生。有了這種從閱讀而來的不安，我才向這些作品致敬！並為之作序。

平行舌頭

目 次

II

平行舌頭

I

歌唱到日落的人

太陽黑子
做夢的燃料

以即將
熔化的形式
歌唱

崩潰於
瘋狂的長城
——內側

一把木頭的空虛
震聾
幸福大街

黑金取之不盡

歌唱吧

森林，日落

平行舌頭

蒙娜

審核通過

的死亡，卡入

造糞機最窄的一個

出口

第三個人

田野給他塗上猩紅標記
汁液與光的捶打
他箭步如飛

你能看見
他透明的血管,肌肉,骨骼
一個觀念的波動

布滿經緯之線
畢達哥拉斯的鐘
在他腦子裡作黃金分割

不可分割的大寫之人
可分割的小寫之人
屬性之路,他攀爬而上

你能看見

他枝葉蔓藤的神經

線段，數目和火

生出更多的自己

他組合它們成活動的形體

在樹葉間爆發歡叫

有時他來到我們中間，臉與面具

之間的隔層，塗抹一些

反對的沉默標語

平
行
舌
頭

居住

住在
世界的棱上棱下，棱裡
棱外，棱人
智者
擦肩而過

又被一陣角度
弄醒

寫一段
光的撞傷正變色
寫一段
罪行已難以辨認
寫一曲
被青蛙跳過的
陽光水窪

泡沫帖子，臉書
無字
也要你讀

從無軸玻璃部首
撞出去，沾滿
雨的碎屑

平行舌頭

去一個沒有聲音沒有光的地方

去一個沒有聲音沒有光的地方
睡在本質的絕對陰影裡
如果太硬可以
放一個
記憶枕頭

把黑暗縮成不到一立方米
針扎起來
放在離疼痛不到
一個人的地方
與之共餐

室內泳者

推開窗，晚霞湧進來
染紅客廳的樹上
那無知無識的蘋果

從未吃過東西的兩張嘴
從相反方向游向那紅暈
一張念念有詞，另一張有念無詞
劃過的空氣堆積如雨

也如兩座游泳的鐘
冒出均勻的氣泡，被天花板吸收
它們駛過茶几，繞過
桌角，翻過一個個書脊，在一段
引文的礁石上休息

它們想到達並咬住對方

這房間太遙遠

太多的彎角，暗流

太多咬不動的東西

那棵樹在靠近屋頂的地方

從窗口湧入的落日

淹沒所有眼睛的珊瑚

一些空氣的攪動

沒能讓蘋果落下或讓樹漂浮

兩張嘴悠然游在

軟的硬的物體之間

咀嚼每個誤差的深意

從窗外看，這類似一場

異常緩慢的布朗運動

我從永恆之處來看你

我從永恆之處來看你
很久沒有你的消息
你穿著單薄的棉衣
緊握發不出去的字句

落葉紛飛讓你顫抖
永恆之處的我來看你
帶來劫後餘生的消息
為何永恆之處還沒有你

鬆開那些給我的字句
讓它們飄進寒冷的風裡
從永恆吹來的那陣風裡
你在無人之處憂傷

握緊寫給永恆的字句
無人讀過似乎從未存在
你沒想到我消失後這麼久
會從某個地方來看你

帶來那個地方的消息
這些紛飛的落葉就是我
從無風的永恆帶給你
無人讀過的餘下的字句

平行舌頭

秋天

你在每一片時間的落葉下
翻找我，覆蓋著我的
一個白色的影子
你想知道，我藏在童話的哪一個入口
我睡的時候有沒有握著
袪夢的枝條，無數飢餓
從秋的樹端飄落
緩慢行走

我們在每一個城市
放下一張床，每一個城市
在我們沉睡時發出轟響
荒野裡一個白色的影子獨自躺下
你想知道，從秋的樹端飄落
被沒有我的葉子一層層覆蓋
是否還能獨自醒來
握著夢的枝條

借來的記憶

當他穿過夢的森林
夢的文本，尋找
未被記憶之葉咬過的獸
來自父輩的箭
射穿他透明的額頭

無法癒合的神話，來到
靜止的水邊，靠著一塊大石頭
清洗神話的傷口
被記憶之葉咬過的獸

咬穿他透明的額頭
咬穿夢的文本，尋找一片來自
父輩的葉子，止住
他和透明之獸的傷口

穿好受傷的神話
戴上夢的文本，靠著一塊大石頭
將被咬過的獸舉向
父輩從不透明的額頭

治傷之葉從夢的文本
長出，尋找被咬過的額頭
父輩的傷口，透明之獸
在靜止的水邊，靠著一塊大石頭

靠著一塊從父輩借來的
傷口，長出被記憶之葉咬過的獸
穿過夢的文本，尋找
被父輩的箭錯過的額頭

魚骨森林

夜的叢林

飛來未見的魚

躍出無聲的大海

飛來我們頭頂

被雲隱去

又擊穿了雲

從肚皮上滲出

夜的血親

尚未誕生的

在這無雨森林

飛來之骨

落入夜的叢林

未見的魚撞擊

未見的雲

來一場大雨

溶解這魚骨的世紀

未見的大海

在我們頭頂發出

擊穿了雲的

無聲的消息

平
行
舌
頭

這裡

我正寫一封信給你
我已經沒有紙了
日落之前我要告訴你
這裡發生的一切

這裡發生的一切
好像一場巨大的蒙太奇
每天都有很多人
死在大大小小的魚缸裡
他們的錶還在走

這裡有一座座熱病的花園
每天都有很多「有志之士」
手持鮮花對著天空
開懷大笑

我的孤獨是一個坐滿人的長椅

我正寫一封信給你
沒有紙也沒有字跡
日落之前我要告訴你
一切之中的一切

最不可思議的東西
就像最簡單的文字的排列

就像有個人綁著炸藥回到家裡
就像突然脫掉衣服跳起舞來
就像每天出入大大小小的變形機

長椅上的人坐著坐著覺得孤獨

這裡發生的一切
被鑿進最深的地底
掏空的大地無法顯示
誰的皮和誰的骨曾睡在一起
誰在敲打誰的腦袋
誰的吊車將擊碎誰的肱二頭肌

哀悼的人群向我致敬
致敬的孤獨是一個坐滿幽靈的長椅

人與樓

把一座樓跳回紙上的樣子
把這張紙折起來
一個人從另一邊穿出來
一張紙有兩個人
把一張紙跳回樓上的樣子

一張紙救了一個人
因為一張紙不可能被一個人救
因為樓往上修
人往下走
因為人走不出那紙上的樓
因為人和樓之間

自由落體一定不會過於漫長
獨自領略風的速度
風，奪走了窗

在自由之路
的隘口
巨大的逗號晃得嘩嘩響
那彎處正好掛著一個人
那個人正遙望
一座樓

放飛吧
折起來的重力
在風中久久不能落地
一定很痛
落地的不一定要有一個方向
砸向的也許是某個根本不認識的
一種自由，臨別

有一個看起來像命運的風口
進入失重之樓
進入風口

否定的空氣

否定只在語言中發生
不在語言中發生
否定不在天地方圓內發生
在大腦極微裡發生
領會否定也就抓住了死亡
這不可追蹤的鷹

否定只有否定的蹤跡
神在神學裡一再被否定
像死亡一樣被否定
為了這不可追蹤的鷹
被一再否定直到這否定
不再否定它看上去
不像任何東西的影子

II

回聲和否認

——上帝祂自己也只能在
　兩個烤爐之間做出選擇

中間分蹄的動物潔淨你的痛苦
上下分蹄的動物潔淨你不能散去的
燒開杯中之水，紅色心囊溶化你的暈厥

刻於其上的字謎從夜晚放射
無數答案，正確的謎面
夾在你兩腿之間，被最後的木頭敲開

帶你的羊和鴿子上山，帶你的羊和鴿子
滾燙的水從脊背澆下去
滾燙的夜盲的上帝從脊背跳下去

跟你的羊和鴿子抹了油一起上山
白色的羊和鴿子，很快被一道閃電
吻成非時間，非空間的樣子

潔淨你的痛苦左右分蹄的動物
發一次上帝的燒就褪去人世的寒
從水裡打撈鴿子的腳環，羊也是你
不可接受的名字

成為一個名字的中途

空氣王子，呼吸困難的
王子，樹葉間搜尋
與一切決裂的眼，給他
斗篷和槍，給他
大山的睡眠，最短的姓名
最長的自由

不連貫的洗濯，一次，兩次
納卡瓜祖河，經過
睡眠充足的小營，給他
最深的拒絕

等待更多的火
有的帶發燒回來，有的帶豬，清晨
等待更多的火
給他堅定的幻覺，更多的水，傷口

——搖擺與妥協的，將被歷史詛咒
誰的歷史——

給他一次大雨中的無限
一隻小小的免費火雞

迎瘋而行，當白髮褪回金黃，當你咬緊
他的鉤子，哀怨的嘴
就輕輕把你舉到樹上

文學的國度

文學的國度，清晨下起大血
只有很少的人，只有
很少的還在外面等著變紅
他們仍在寫一個故事

中午了大血走進我們的屋子
招呼小血，同血，叫道：
一起來吧，用我，你們造一艘小船
登上故事裡的島嶼

我們一直在那裡造血
日夜造血，來吧，歷史深處的
隔著空氣柵欄的
日夜造血的我們，喝足了
就去吹拂傍晚的岸

你和我

一

你終於坐到我的對面
來，下完這盤棋，我等了很久
你，一個難以破解的代詞
自古與我有血親的淵源
我被你的顯現激活，呼吸如新
我沿實線進攻，虛線防守
你假名為紅，我順應為黑
其實與你不一不異，你
步步連環，設下形容詞陷阱
我精銳突擊，以動詞劈砍
落馬紛紛，被含混的擔架抬走
我大叫一聲殺入你中心
你玉指一撥，移動意義的基座
將我裹入不可逆轉的反問
我首尾受攻，你坐在殘局裡

一言不發，對面
就是你的輸家，你笑了

二

我們最初並不是敵人
更早出生的我
往你搖籃裡放了一把火
燒掉皮膚對顏色的認同
為了讓你，牙牙學語的你
破除每個人的皮囊
就是你這個詞所包裹的技藝
脫去皮的你一無所有
遊蕩在太陽與月亮的交界
變成黃昏的一聲哭喊
是我，用一個念頭塑造了你
你成長，令我入困境
你的問題，比如天為何是藍的
難以回答，我只能說
你想像藍就真的到了那裡
你要去我這面發光的鏡子背後
你逃上一列假火車，進入
變幻不定的棋局

三

你一走進人群就改變面容
長出玫瑰，眼鏡，皺紋
你坐在四邊形的交集裡
整理檔案，閱讀每個人的故事
想像紅、黃、藍的線條
構造你感知的整個世界
黑壓壓的字，如戰亂的馬群
一次處理十個家族的申述
你想參透棋局外的意義
你想脫離管窺之見，然而
有的句子並非你能明白
如X炸死Y的兵，Y吞了X的馬
這是梅花譜上的策略
還是檔案的虛構，或某一道
不可逾越的生死之線
X和Y，我和你，我
坐上「和」字的鋼絲
看著你，沉入發黑的棋盤
無限變化的方格，你
像佛一樣計算事件的組合

四

天黑後，我仍坐棋盤旁
幾根頭髮飄了起來，灰塵之灰
對面，是一個怎樣的位置
告訴我，從對面看，局勢如何
我的目光落於何處
我的國是否瀕臨滅亡
但我去不了對面，它瞬間
反成此面，空間障眼法
又不止於此，掰開粉筆
也找不到粉筆的內部，不妨
來我這邊，從我的視線看
似乎並無不同，再去無邊處看
──我們不在大地的棋盤上
圓圓的藍在一片漆黑中
閃爍，轉動，這就是
你問的天空，棋盤的蓋子
四隻眼睛隱藏於四個角落
一部分我，坐在四邊形中
看你，應對每個人的棋局
混亂中你辨不出本方兵馬
我的一隻手救了你的王

風吹就有草動，你急促的呼吸

攪亂我光滑的水面

你和我，必不能失敗於彼此的技藝

我帶你，離開這紙面遊戲

五

遠古以來我的叉子上一直舉著你的鏡子

——反射八荒的你

從每一次虛擬的災難中活過來

你，面目全非，爬出每個人的廢墟，戴上我——

一張倖存者的臉

六

你離開的地方，是我造的

你踏上通向我的火車，那個站台

也是假的，我在紙上畫了

一個鐘面和漆黑的指針

旁邊塗了些歪曲的柵欄，你

就從那柵欄走入世界

你的命運我一無所知，你如何

穿過漆黑的山洞，變成

每個人的名字，過每個人的生活

我一無所知，我在盲區

待了很久，那一帶沒有風吹草動
很安靜，我什麼也看不見
更早出生的我，一直未長大
我想念一個對手或愛人
有一天從站台出來，我想念一場
驚心動魄的雙人遊戲，我
不期待第三人
第三人是否如你，我不知道

七

你已徹底改變，為描述你，我
必發明一種新的時態
我以四邊形時間安頓你
這矩陣你一直猜不透
——必然性，或然性——
——可能性，不可能性——
你感覺它漏了點什麼
你從對面看就是另一種時間
你下火車後住哪一家旅館
可見的範圍內只有四家
斜牆叢生，入不到對面
夜裡，你依靠對面的燈光
讀厚厚的手冊，你讀到

對角線是一條虛線，危險的遊戲
從未有人活著離開
沒有影子的四邊形旅館
也許你能改變鏡子曲度，如果你
發現那條虛線，如果你進入虛線的夜晚
如果你下樓時突然
墜入不可見

八

你坐在我的對面，我的對手
我的愛人，這是幻覺褪去後的大廳
你從這兒出生，這是出發大廳
來，我們下完這盤棋
你沿時間的對角線找到這兒，很好
我們終於面對面了，你的臉
貼近鏡中不變的臉
——除了鏡子我沒有其它的臉
你學會捨棄卒子，直抄近路
我喜悅鴿子一樣潔白的你
你從不可能性出發，途經或然性
以及可能性——到達
必然的宮殿，這一切不是假的
鏡子再不能分割我們，鏡中

我們下棋，鏡子有多大
世界就有多大，你的反射遍及每個人
你進入我的必死性

九

一個人思考兩個人
面對面的可能性
但我去不了對面，它瞬間
反成此面，我正使用「我們」這個詞
一個在午夜消失的線團
你打開我豐富的鏡像檔案
你學習，成長，我在盲區掃描不到你
你藏入我最幽深之處
我去不了你那裡，對面
是我終結之處

十

我終結之處是你的開始
可能交叉不可能，或然襲擊必然
你的炮翻過我的馬，我的車
鱉入你象的心臟
你和我，對弈於夜晚之河
你任我渡過湍急的河水

我追隨你每個念頭如靈敏的獵犬
你和我，像佛一樣計算
相互取消的機會，你突破
對角的封鎖，抄入
我的中心，我變換四邊
以犄角抵住，你笑了
說世界在我們棋盤下面
不知轉了多少圈，我說我們
從未離開過世界的四邊
世界也不在我們的對面
你厭倦了相互的技藝
來，我們與夜晚本身對弈
讓它輸掉它的無邊

在動物園

自從我們之間沒讀過的一頁
被一隻手（拉馬克還是達爾文的？）
從進化史中永久撕掉
我們只能似是而非地觀看對方
你的一瞥穿透靈長類的集體無意識
打翻閾限下的飲食文化
午後，一股暖風深刻晃動著陽光的柵欄
你再次感到一種渴望，攀上
枝頭眺望地平線，野蠻人會不會來
幾萬年的提問繞過馬六甲海峽
飛回同一個籠子，撞碎在油漆的綠樹上

根據一種無縫鏈的分類法
你穩坐秩序之山的頂峰，石頭乃必要風景
大自然慌亂中演繹掉了實體
你只好遷入「荒謬，故信仰」的園子
你的鄰居是一頭善意的獅子

戴紅帽子的飼養員每天衝你齜牙咧嘴
食物，只剩下食物了，還有格子
每天都是同一天，你的孩子圍著你
練習高潮迭起的口哨
鐵屋子也是一種保護，免受假日攻擊
野蠻人來了怎樣，不來又怎樣
說實話你害怕他們的香蕉，不新鮮

除了表演飢餓的藝術，你偶爾
發出超乎命名功能的尖叫
看來表象並非「封閉於自身音壁之內」
不，你以直覺之手抓取食物
這樣避免了知識的悖論
──時間是方塊的重疊，空間
手臂的寬度，天空夠不到，故不存在
天氣好時你也去遊樂場騎自行車
完美的曲線，歡呼的人群讓你鬆開雙手

每日禱告詞

……這漫長的疾病，我的生命
————亞歷山大‧蒲柏

我的每一天消耗在傲慢與偏見，生的與熟的
佛陀與耶和華之間，阿門

我的每一天用兩小時登山，三小時
下山，如遇滑坡
我就睡鬼火山腰，阿門

我的每一天都有奶和蜜，感謝萬能的沙漠
沒有把我變成摩西，阿門

我的每一天在敵人裡找朋友，雞蛋裡挑骨頭
衣櫃裡翻《未來之書》，阿門

我的每一天上午被魔鬼造訪，下午被浮士德
晚上被一頭麋鹿，阿門

我的每一天在時間的四邊形內跳冰上芭蕾
刻痕清晰而寒冷，阿門

我的每一天清晨新瓶裝新酒，但我
從不喝酒，午夜鐘響之前
全部運走，阿門

我的每一天預提生命的全部，出納從夢裡
遞給我一張盲文收據，阿門

我的每一天接無數天體告密者電話，有關
宇宙的正義我保持沉默，阿門

我的每一天撥弄吉他的第七根弦，一匹馬
在上面旋轉成反非馬，阿門

我的每一天劃開概念的流體，我的雙面槳
乃康定斯基的遺失版，阿門

我的每一天學習系統內的平衡，無需等待
一名恐怖分子，她已闖入，阿門

我的每一天尋找迷宮的出口，以蠟黏翅
以防線團瞬間消失，阿門

夜樹下

一

想什麼，什麼飛來
孩子飛來繞臂三圈，屋子飛來
撞翻白翅，很重的傢伙
非孩子非屋子飛來，拖著燃燒的尾巴
墜落林中，強光掠過
腿上的汗毛一根根飄起來
旁邊一隻金燦燦的猴子
連續俯臥撐

二

這年代很謳歌，夜晚
比白天亮，夜的入場費一次付清
白天鵝飛入動物園變黑天鵝
黑的機構研究黑的語法，黑夜的臉
有一個看不見的戳印

大廳深處，夜的會員裹著夢的毯子
玩誰輸了誰當幽靈的遊戲

三

樹上有一些臉，紅燈籠，黑燈籠
夜間窺視，樹上有一些生物
日夜蹲伏，不聚不散，它們想什麼
吃什麼，喝什麼，反演什麼
無處不有它們於無處的設想
日夜蹲伏，與空氣交媾，不聚不散
非孩子非屋子非白鶴非猴子
我看不見它們，裹著夢的毯子

四

這世界有一股中藥味，在樹下
我聞到一股中藥味
夜晚的茵陳，黃芪，當歸
熬成黑乎乎的一碗，端到夜的面前
夜說樹上的果子不像藥
吃下會不會好，但我不會爬樹
樹枝將卡住我，月光起伏著
一隊被煎過的波浪，我有一股中藥味
是我，不停吐夜的漱口水

五

　動物園掰開的紅果子
　裡面全是爬蟲，另一種存在
　就在樹上，去那兒待一會兒
　睡眠會好起來嗎，夜裡睡不著
　瑟拉芬摸了樹皮後才能畫它
　你說我們既非孩子也非屋子
　誰輸了誰當幽靈，然而樹上的果子
　看著鮮艷，不一定能吃
　飛上去才能睡，但晚上爬樹很危險
　樹枝刺痛我，在一種存在
　與另一種存在之間

六

　這款緊箍咒一定適合你
　它保證絕對不失靈，念一念試試
　看，大腦袋變小了吧
　絕對靈，絕對安全，嬰兒可用
　孕婦可用，老人可用，寵物可用
　只需一擰，痛就流出來了
　就這麼簡單，就這麼
　清清楚楚，你看每一個幸福的腦袋
　都蓋這個圓戳，清清楚楚

七

這些樹幸福嗎，多蠢的問題
來，研究樹的意群，分支結構
漆黑的樹，住著一大群看不見的臉
內部年輪就是它的緊箍
收縮，擴張如猿猴的瞳孔，細枝
長成巨大的華蓋，內部有風
吹過面頰，你說夜很深了，樹
還挺立著，這說明有一種
不可更改的方向，保護不願下來的
生物，不日不夜，不聚不散
既非孩子也非屋子，入夜鳴叫

八

為什麼樹是圓的，人腦也是
記憶在其紀念中的消失
記憶也是圓的嗎，下水道裡滾鐵環
樹汁灼燒皮膚，無窮計算的
誤刪了語法，巴別塔從夢裡看是向下的
只能以黑乎乎的詞語建造
黑乎乎的樹不可交流，白晝不可交流
不日與不夜正好不聚不散

咕咕叫的看不見的生物
伏在樹上回憶從無處來的波浪
女妖，夜晚，歌聲

九

這世界有一股中藥味
留到最後的麵包已經發霉
這世界有一股拋光的霉味
夜晚的樹，散發一股巨大的動物味
年輪繃緊夜的指頭
看不見的鳥伏在語法的樹上
尤利西斯的猴子打開一個黑盒子
完形跳出來吱吱叫
你好，你好，我也有屏風記憶
我也有創傷，但我是完整的
看我額上的圓戳，我們來划拳
誰輸了誰當幽靈

相遇

突然想撥那個號碼
那個號碼消失後從一切號碼中站起來眉清目秀
它跟我一樣住過出租的小屋
啃過無酵的麵餅
那個號碼日夜揮舞郊區的錘子
我的井裡有時回蕩著它

它撥通正在看書的我
它說城市邊緣也許有人挖井但日落後沒人工作
我闔上書思考閱讀對岩石的意義
靈魂有多少水的成分
如何防止井壁因年齡和經驗產生的二次滲漏
它說回聲是聽不見的
只有黑暗波段一圈圈旋轉

暗物質和雪

走在雪的前面，裹著夜的毯子
捲起大地一層金屬皮
暗物質在他身上閃爍
他捲起越來越多

極性摩擦，太一生水
夜的內部聳立另一塊夜的磁石
暗物質和雪落下來
越來越多的
灰靈斑

生日快樂

比我們更白
床加桌子等於椅子

紅攢著詞語
送了我們一朵玫瑰

我們用黑來
睡過一隻鳥的夜晚

現在沒什麼
比我們更藍

腳手架

終於看到天空

透過密集的骨節，無可忍受的延期

送來麵包和酒

一隻鳥踱步其上，視察

建築學必然的災難

還沒有誰掉下來

對風敞開胸襟，已嚴令禁止

無法墜落的情況下

跳到另一層不失

一種選擇，甚至

意料不到的收穫

漢堡信徒，順時針主義者

嗅出辯證法的扳手

順藤摘瓜的日子

撞擊嚴密的關節

解不開的牛，終究卡住

三生萬物的柔身術
丟盔卸甲的遺忘
還不算致命，但完工
是絕對不可能的
跳躍和攀爬更像一種內在的依靠
當季節絕對光滑

平
行
舌
頭

去來

蛇的蹤跡，升向
大樓敞開的屋頂
夜間飛行，巨大的露珠
床一定帶你回去

去而來，來而去，十年樓道
昏沉如新
你飛回來了，幽靈
歡迎，睡在我們上面
你爬回來了，叛徒
歡迎加入上下左右
的談話

告訴我們：
一種有機體如何沿時間
的圓球旅行
你還有多少幻覺記憶

可以來回，在這陰暗的走廊
擊中概率

回到
絕處的逼真
你戴著假髮
當時的我們，困在未來裡互道珍重
當時的我們，將昏暗的蛇
托付給一次夜間旅行
比真實更輕
你知道這一切
終將回來

致不在這裡的你

忙得像一粒
失去了眩暈的電子
失去了疆域，我轉動
忘記日夜，忘記
攜帶的毀滅

我不從那裡來，我
沿著光滑
做一種奇怪的運動
我尊重界限
從不混淆空氣和水
和與或

這裡很危險，邊緣
不友好，邊緣明亮，我聽見
奇點對黑洞說，邊緣
愛寫長髮披肩的句子

被語法的手

鑄入硬幣，流通如新

第三人稱

效率

空間旅行者

接通後坍塌

吶喊，漂浮

但這裡很重，離中心只有

更短的圓周，我

就在這裡

無影無蹤地轉著

顏色掉下來砸穿地板

宇宙之力已經死亡

你不在這裡

變化

還是若有若無地降下
一片金子，若有若無地
滴落，光芒
還像你走以後，留下
例行的便條

告訴我哪種時間可以吃，肚子很輕
一種沒有區域的設防

我只當
若有若無地字母淌過我的前額

讀它的人不在這裡，讀它的人要趟過無端的河
從一場淹沒中出來，幾乎不能
拼寫

也是這般躺在
這個掰開，這個語段中，等著你
跳出來指著我鼻子說
不是這個顏色
不是

平行舌頭

從門縫看進去

一個裸體女人
坐床邊
哭出木屑，三角形臉嵌入桌的圓弧

刺破
衣服的眼，承受
雕刀時刻，坐在床邊，試著完成
預訂的尖叫

被夜晚
塞入一個港灣，天花
爬上身體的甲板，墨綠中央的
阿米巴，被燈光
燃成金黃

哭泣，裸體女人，哭泣
你的臉是一張風箏黏在屋頂上
你的嘴是一條不說話的斜紋嵌入大理石

你擊打每一個
你，純粹的質料，不斷失去失去
比赤裸更低

二月，午後

──還沒歸隱嗎
蓮花已經動了

明亮和空虛，顧及我們
猶豫著投下
斑駁

流水
流水

你留下的
那一小塊空中飛地
已長出
靈魂的地基

火還咬不到它們
我連夜培育

從一切森林的後方來
森林說出的加密
帶它們游

蜿蜒
歸源

從連日大雪來，來，從
五行中缺掉的一行
來同行，從水到火
從你的不在到它的不在到它們不在

同行，同往
通往不與我們同在的途中

隱特
萊希

石頭，夜晚

——這無限空間的寂靜
令我戰慄

停止變黑的
一塊石頭，拉緊夜的四個角
風圍攻石頭
擊含義不明的鼓

裂出一張透光的臉
藏入那光
風雕出的一隻小手，撫摸臉
夜的孩子，靠著石頭
夜撩開帳幕
放下一個詞，孩子掰開它
掰開石頭

風舉火燒來
什麼讓它驟然終止

風走入
緊閉入夜晚的臉
背負著光，首次同孩子喝酒
如石頭說遺忘之言

潛水雲

順髮滑落的陌
異入一次，未生成的漆黑
懸崖邊化解了，你
做一個飛翔的姿勢

面對著夢，率領
一群奇裝異服的獵人
抓破這層面紗
就迷失於正午的道路

沿著未出生的水
上升至未降的雨，雲
石頭，落入蜑人
手背那條
反復的山路

沉默的沉默落滿蓑衣

石頭揮汗如雨

為時光之喻

鑲邊

從那邊上你走入

更為漫長的一次蘇醒

載著風和水

孩子，雲

額頭破了的孩子
你是被天空放掉線的風箏

高高掠過耕作的人們
也掠過他們的夢

他們夢見你撞開雲的城堡
飄入虛無的臥室

躺於一片稀薄的光芒，周圍
雲一樣白的姐妹

他們禱告你，雲一樣白的孩子
總有一天被這世界釋放

高高掠過奔流的河
也掠過它們的起源與歸宿

掠過打獵的人們，他們的夢
和醒來的哭泣

掠過被大地的房屋遮蔽的
敞開又關閉的胸膛

一面越來越模糊的鏡子
注視你越來越模糊的離去

你從那裡掠過
呼吸稀薄的巨大的透明

如很久以前飄離大地的
那片雲，你血的額頭升起

被戰爭放棄的一面旗
也放棄泥土的傷口，以受傷的額頭

去撞更高的門一樣稀薄的
永不生成也不死去的風的眼睛

白天勞作的人們夢見你
穿透那陣強烈的消失的振翅

今明後

一座火橋聳入夜晚
一座火橋是你的時間

你必走那條不見人的夜路
走入比夜更似路的

穿過如意的盔甲
掠開你的長髮

追隨一隻耳的低語
至夜的彎曲處

光，飛出肉體的帳幕
你的容器還未破裂

你，不享樂於必有一死者
也不沉默於
賓客的每一次
非難

二月晚

表象深處的你
顫動無形，水映出
你頭髮的光，也如我之中
還未熄滅的一縷

水果邊的百合，從午後的
肋骨躍起，一次奔逃
被一道大笑的
閃電擊中

什麼從這些脫去寒冷外衣的角落
嫣然而出
你潑出的水
順著我開花的頭頂
流下來

別觸摸淡黃的弧線，但從

無風的室內

滾入季節

之後吹來的火焰，覆滿手背的青山

日曆上

一陣白，一陣紅

那半條魚，也翻過身來

平行舌頭

山，夢

一次振動，攀岩的人
跌入彩雲
不認識我嗎
真的——

我是你
夢裡的名字
你的山，你遠處的閃耀

不，你不會認識
也不會憶起——
你的每次墜落，是我
拉的線

你夢中的山水是我幻想的
從一些木屑，彩帶
可以飛，也可以流動，鳥
從手背躍出

我現在使用這個號

我很想你

真的——

你醒來後又遺忘了許多

你不該，離開山

放下窗簾

我從你夢的一扇門走入另一扇

為了在所有門

砰然關閉的時候

與你相遇

否則——

無論——

我撥打哪一個，都是

同一個聲音，一遍一遍

告訴我，你已經

離號而居

三月，晚間

倉惶擠入
夢的缺口，一群決堤的人
夢見倉惶
敲夜的大門

侍從點燈
從那河上
打撈蜉蝣和衣物

採葑，採菲，採
夜的下體

有根的要在這夜裡
連根拔起

風，刮來一扇門
門根搖晃
不可走入這門
走入這門

你的被剝削的
半個鐘點
這夜都要還給你

採苕，採菲，採
夜的下體

無根的要在這夜裡
連根拔起

花岸一日

——給YX

小樹開花，小樹發芽
夢裡一雙
來這裡成真，第二枚
青果，依偎著
要割開根的你，偶爾
也會哭

魚池來風，弄皺
子衿，褪色後
夾入二樓一本古舊的書
翻到那一頁
一切都不復存在
不再倒下來

寫了滿滿一兜的
青春，你
步入客廳的山脊，套上
黑駒，去
滾圓的西藏

晚餐後的客人
乘坐沙發離開
燈光，守在門口
按夢給號

III

五月的夜

一同深深地
躺臥於山谷的蜿蜒之處
銀色大海
退去後的寂靜
漲滿我們

你的額頭
被山楂花刻下一個字
紅色的字
開滿寂靜的山谷

岸上飛來
無鏃之箭，打翻我們的小船
我們入水
岸上的眼睛
哀慟，拾起名字的鱗片
打撈出

生鏽的鐵器
我們的衣服

使我們一同躺臥的
覆蓋森林
覆蓋夜
仍在變大

喝完碗裡的字，我們開始喝大海
尋找可以更加
致命或
不朽的

平行舌頭

狀・態・度

坐在這兒想著雲飄起來
變成一個恐怖分子
坐在這兒想著恐怖分子
撞向雲的孩子，風
跑來救護，受傷的孩子
也還一樣明亮

坐在這兒被一種稀薄物質環繞
飛過去，混淆雲和孩子
模糊透明的站姿
坐在這兒想著更加白的尺度
更加純粹的襲擊
既不隱藏也不可見

兩個

說樹是方的，鐵是甜的
說那扇門是用膠水黏起來的
我也不能同意更多或更少

說水從天上來，氣在地下流
說那是一場之間的遊戲
我也不能同意更多或更少

更少的我也不能同意你
說沒有的被沒有了，有的
到底該不該同意被過去的沒有

更多的我被更少的你同意
說喪失遲早會得到，說擁有遲早
就是擁有了不可剝奪的

就是說那扇門是可以推開的
鐵有樹的味道和形狀
就是說水與氣還沒有完全分開

更少的你也不能同意我
說燒開的水燙不死人，說
死這個字看上去像思想的匕首

不能同意的我說出了你
在更少和更多之間玩骰子遊戲
說那匹馬踢翻了我們之間的天平

說騎上命運女神的騎馬難下
說失去她的嘗到鐵和樹的味道
我也不能同意更多或更少

南京

說回去一次就不再想念
蛋裡那隻鳥
掙扎著破殼而出
飛不出所以和由此

回到起飛的地方
燈火會更通明
朋友們說著最近的事
也挺遙遠
置身其中是一種幸福

說回去吧
為圓那些過去的式
來，為沉默乾杯
飲下未完成的告別

回不去的會再回來
再次從移動的樹中脫身
上海路那隻白鶴
落滿印象主義的煙塵

同行

結束了滿口的沉默
伸出雙手

從車窗外的河流說起
說河拐過那個彎
就會與另一條河相遇
匯入同一片大海

在這之前
它們的路是分離的
承受各自的枕木

說遠方的奇跡
無論如何也不算多
從日出到日落
數數經過的城市與田野
也還從未見過

讓我們做自由的輪子
讓我們做說話的輪子

直到流過你的河水
將我打磨成透明的形體
歡笑的一部分

平行舌頭

柏林南路

這些槐樹落滿四季的灰塵
這兒有一段故事，關於敞開的鳥籠
這兒的樹對籠子說——遺忘
那是最後的泉水

一幢古老的房子
一個白髮女人被主的火焰臨到
她抓向他，幾乎窒息他
於是籠子變大罩住他倆的影子
聾的與瘋的居住其中
無日無夜

——睡入發霉的磚石
睡入發綠的水滴
從發酵之床下來
喚一條舔自己毛的狗——

一幢錯亂的房子

三個女人睡三個時間的覺

早晨從中午開始，她們有

同樣的顴骨，有時隔著窗戶

主也分不清她們

中間的眼跳最快

抓住柏拉圖的剪刀將自己一分為二

斷翅而去，第一次

從空中看這條街

無日無夜

——睡入裂化的磚石

睡入鈣化的水滴

從孵化之床下來

喝一杯青苔的牛奶——

時間又綠了

這兒有一段故事，關於多風的牆壁

一個多風的女孩

嫁給了瓶中嘆息

關於相濡和相恨還有一個關於心的

卡入喉嚨的詞

漫遊的紅色之結

結內
無讓活，亦無讓死，亦無非死即活
啞的與盲的居住其中
對著天空比劃巢的結構

空籠子裡的空結是一條大街最初與最終的樣子
這兒沒有故事，主不在這裡
穿戴完畢的火焰在故事的鏡中醒來
結束了前半生

撒哈拉

中了三音節的魔咒
我半夜醒來，收拾行李
乘早班飛機來到沙漠中的城市
坐在一棵樹下，思考
這個名稱對於生活的意義
撒──哈──拉──
從這個名稱走入沙漠
午後，沙丘之煙從我手背滑過
我站在殷紅的太陽下
思考沙漠法則

沙漠就在眼前
一個人醒來後的沙漠
發現綠洲的快樂
人不能不熱愛沙漠
我連吃飯時也觀察
沙堆如何一點點移動位置

整體卻保持不變
我用一個小本子記下
每次觀測的間距
以左手第一棵棕櫚樹為參照
我想弄清沙漠的同化法則
它如何暗中與時間
結成聯盟，不知不覺
將周圍事物變成自己
分配綠洲的數量和位置
沙漠法則即——

平
行
舌
頭

（我的記錄成果後來
發表在《地理年鑑》上
有讀者請求加入我
我婉言謝絕，這項研究
只關係到我和沙漠）

這裡離鎮子很近，沒多大風沙
我睡帳篷，本來可以
住鎮上旅館，但為了觀測沙漠
我只好日夜守著它
我的撒——哈——拉——
我記下你的變化

你魅惑的線條，滾動的時間
你是風乾的漏掉的大海
我每天用眼睛喝你
現在我看任何東西都有沙漠形狀
沙漠顏色，沙漠內涵

再往前走情況複雜
走上十天十夜，也不見棕櫚樹
落日時駱駝的叫聲
像從自己的胃裡發出
走著走著月亮升起來
比太陽還大，月光照得人
睡不著，我患心慌
只在沙漠中待過一晚
沙丘真冷啊，風化的無限
抱緊你，狂吻你
夜裡兩點突然醒來
以為自己躺在月球火山口

據說沙漠能吃駱駝
吃人，吃一切與時間有關的
不用牙齒，用胃
聽穿越沙漠的人說，走著走著

就不是你在走而是
被風沙推著往前，無腳的移動
你成為沙漠的肉身，上帝的肉身
嚮導（通常是當地人）
喜歡用綠洲來誘惑你
其實不過是想讓你們
這些文明人體驗一下
何為永恆，近年來
要求這項體驗的遊客數量
劇增，越野車也來了

（考驗以色列人的上帝
為什麼不選擇這裡
因為沒人能活著走出去
哪怕是一個民族？
祂考慮到人的有限性）

我雇了一個黑人助手
他喝羊奶長大，一年洗一次澡
我問他關於蜃樓的事
他伸出黑漆漆的先知之手
指著漫無邊際的黃沙
說它就在那兒，你得自己去看

平
行
舌
頭

大概一個月能到
我舉起望遠鏡，什麼也看不見
不能過於相信這些撒哈拉人
到了沙漠中沒有蜃樓
他們也一樣要錢

沙漠泳者

被來歷不明的靈感
誘入坩堝，阿拉伯邊緣的螞蟻
圍著肉湯團團轉
對黑臉兄弟舉起刀劍

屍體爛在唯一的井邊
勞倫斯的嘴唇
與嗡嗡的蒼蠅爭辯
低估沙漠有多危險
低估文明的池底
他對命運還有機械的看法
他還未脫去柏拉圖的胞衣

沙漠的金子被主的哪隻手偷換
沙漠的金子教皇也喜歡
只是不願弄濕自己的腳
持火雲的推薦信走入滾燙下界

在沙崖上舉起部落的道德
揮灑大英帝國的金幣

也買不斷遊牧的一隻馬蹄
捲入非生非死之地
肉體暴露一個人的極限
屬於沙漠的歸給沙漠
沙漠之中的勞倫斯
以沙洗面，與主進行一場
關於沙漠本質的偉大辯論

主說屬於我的不必再歸給我
跳入沙漠並懂得我們的戰爭
你可以游下去或上岸
但你都帶著它，一直帶著

觀看沙漠的十四種方式

I

　　洗澡的女人傾瀉整桶的水
　　在開裂的唇上
　　沙漠與女人是一體

II

　　沙漠有三個思想
　　一個中心
　　半夜裡紅衣幻影移行

III

　　東西學者坐在沙脊上
　　爭論阿拉伯人
　　長袍的六種黑色

IV

在沙漠中煮麵條

煎了一個血紅的太陽

用閃族的坩堝

V

遷徙之鳥穿越沙漠

在夜裡植樹，白晝到來

鳥拔起它們

VI

千重台幻覺

再來一份沙漠，我在夢裡

對刀叉明亮的侍者說

VII

沙漠計劃，人間蒸發

有一種維納斯

也無法比擬的無臂之美

VIII

　　黑衣人走在沙漠背面
　　提著一盞神燈

IX

　　沙漠中心有一間地下室
　　陽光射入天窗
　　鐘停在早晨九點
　　教皇死了，攤開一本《靜靜的頓河》

X

　　沙漠在先，他走了很久
　　看見一個女人
　　在掛著裂裟的那棵樹下洗澡

XI

　　開閉的樹葉
　　遮住沙漠中巨大的陵墓
　　手挖出箴言，頓河靜靜地流

XII

骆駝穿過針眼
阿拉伯夜晚以雪清洗自己
某物自高空墜落

XIII

被兩座瘋狂的綠洲隔開
水是一種病
只在沙漠中發作

XIV

病人成群結隊進入沙漠
以雪洗澡，跳舞
落下的鱗片長成棕櫚樹

在沙漠門口舉行過渡儀式

在沙漠門口舉行過渡儀式
圍著沙漠跑三圈
戴幻覺的羊角，近似
無記無憶

潔淨的沙子，於極深寒處
孵育，潛沙
游過黃色岩層，以
分段的印跡

食無思，照無鏡
涼爽的沙子，於極炎熱處
褪去了物籍

沙漠說讓有吧，就有了
──真的很靈
沙漠說要有水
沙漠說一切無邊界意

能變意，善變意
漂移的綠洲，絡繹不絕
水，雲朵，歌唱

在沙漠門口舉行過渡儀式
喝下奇香蒸發的
種子湯

離反非

離生生，離斷生，反非生
尚未分離，必然反
何所反，反非壺，反似象
越反越像壺，彼此倒出
皆似的稀泥

——他的頭長在膝蓋上

帶質不帶影，帶影
不帶質，影質稱兄，道弟
獨何如，眾何如，眾生之中
誰是我父母，離反睡
離非醒，反非父母，夢中來

——他摸索容器的開口

夢中來，離外境，離內意
離紛紛，影紛紛，似如如
夢紛紛，紛紛夢，夢離不離
反非路，眾生之中
誰是我父母

——他從頭頂的門離開

平行舌頭

聚反非

和合破，四邊生破，光
破影，邊際
傾盆而下

深，聚於符號之夜，紅與黑
砥礪，流星墜入反非水面
三十四下潛

口中詞語聚於反非之鏡，和合
之岸，喪失詞語者聚於
燒乾唇邊

破諍諍之嘴，你
下棋，蠟燭燒光心海
沉默之名聚反，拒絕你我的非

布滿不的夜手，伸向
是之號角
不可聚集多重之非聚入你身
燒空四邊，你
走向哪一個邊以求時間的安頓
你走向哪一片水域，呼吸
穿戴哪一種
四方之名

反聚非，入聚深，你
聚我悸動之影，反非之完形
破了完和美，更加
無憾

IV

隱喻七章

擁有意識就不在時間中了
　　　　——T. S. 艾略特

一、空果核

　　進入無果核的果子

　　就別指望立即走出

　　空的執念。空詞從四面八方聚攏

　　張開的嘴裡有什麼

　　喉嚨下面是什麼

　　喉結顫動

　　意義的童話由女巫編織而成

　　樹葉之間，誰

　　在發聲

目光又將桌子當成桌子
內部漆黑，陽光無法穿透
你坐在桌旁剝食果子
空果核中的人日夜夢遊
抓緊柵欄狂喊控詞

一團煙霧模糊說話的嘴
上帝用雲說與雲無關的事
把說從所說中解放
一說就有罪，不說更是

出來意味著什麼，如果從未進入
但你不得不說，說

以說餵飽果核裡的人。你搖動
萬花筒裡的童年，一個啞巴女人
的裙子對你輕聲細語

走出沉默的果園吧
黏在你身上的那個詞一同出場
風更大了，吹落標籤，眼就空茫
你將被歸入空核者
大海撈針也找不到一張適合的果皮

果子正被孩子吃掉，果皮吐了一地
他們叫嚷著，我們要吃果肉裡的果核
我們要吃果核裡的果肉裡的果核
但你要坐下來靜聽
風對果子到底說了些什麼

二、分開

你喜歡坐在夏天的門檻上
撥弄院子裡重疊的落葉
你發現它們輕輕一拉就分開了⋯⋯

又被什麼黏在一起
你用樹枝撥開那些螞蟻
又很快聚成一團，觸鬚無盡纏繞

分開本體和喻體就進入一扇隱形之門
在相似性的瀑布中墜落

螞蟻在烈日下搬運葉子，這一片
跟那一片一樣厚，它們喘氣，交替
像扛著整個森林
只不過這時森林已經橫過來

為了說出心裡的話
橫與豎要分開，左右各歸其位
但不必相知
火與土要分開，靈肉各歸其位
但不必相知
分開卵生、胎生、濕生、化生
不必相加，但要相減
為了說出心裡的話，要蛻下那層皮

氣息游離，閃爍，沿經脈轟鳴
紅的上升，白的下降
分開笛卡爾與火爐，馬與非馬
偏旁與部首，蛇在草書
第一個字裡有痛苦的眼睛
第一個詞切開了兩個抱在一起的
與空氣分開後，樹才能呼吸
河流的脈絡滲入田野的十字
分開相鄰的兩戶，你的和他的不一樣
中間的誰也不是，那屬於上帝
分開你和你

平
行
舌
頭

三、門

睡著以後身體內許多門一一打開
有的門在頭頂豎直打開
有的門在腳下水平打開，有的門
在空中傾斜著打開
還有的門一邊收縮一邊打開
你可以被吸入任何一扇門，每一扇
都通向一個曾經的地點，一次
真實的冒險，有時是門在選擇你
而你無法走入想走入的門，雖然
門後總有什麼東西在閃爍，閃爍如
遇難船隻的信號，從許多門上
你看見一個下沉的你
螺旋狀下沉，階梯式下沉，跳躍性
下沉，從一塊浮板沉到
更暗的另一塊，手裡抓著木頭殘片
你不願進入，有時你沉入天空
越來越高的下沉，沉得飄了起來
沉入門的遠景處，彷彿那兒有一個點
在牽引著你，實際上，門不分
上下左右，下沉也只是一個隱喻
很難想象沉入一扇門，或同時

沉入很多扇門，你的身體印在上面
而意識早已穿透過去

四、萬花筒

果子、門、花朵、玻璃
將它們打碎又混合在一起
成為新的，直到各種顏色
在你腦中烙下相應的印痕

在初九與上九之間
在青龍與白虎之間
在魑魅與魍魎之間
有一種藍不像藍，一種紅不是紅
黃與黃黏在一起
但黑永遠是黑，就像白永遠是白
無論大師的手怎麼混合它們
已被比喻的不被洗淨

你七歲時跌入田野，膝蓋流血
為了採一塊淺黃的碎玻璃
它被耀眼的陽光映射成溫柔的花瓣……

糖果店的啞巴女人發現你的秘密
雙手比劃，送你萬花筒
她的碎裙是一個紅潤的男人
你進入春天的花朵，裡面是空的
你睜大眼睛

這是宇宙的喉嚨，整個世界
在一朵花裡旋轉並飛脫
無數隻菱形眼收縮，張開，對你說
你來，你來，邊緣暗下去，亮起來
褐色、紫色、藍色星狀物不停拋擲反語
一千個嘴唇同時張開
將你燒焦，無論怎樣睜大眼睛，你始終
分不清那些變幻的色和相
你早已被它們沾滿

五、夢

夢中之果是夢中之花的喻體
在夢裡你一直沉默
你害怕一張嘴，天就塌下來
夢中人用眼睛說話，用手比劃盲文
沒人能代替你說
就算在夢裡，他們也不完整

各自背負自己的門
嘴上掛著石鎖，牙縫說

第一個夢裡
你正吞一個果子
你害怕連果核一起吞下後
它會在你體內生根抽芽，脹破你的肚皮
果皮吐了一地，始終找不到果核
你感到肚子大了，拍著
翅膀的詞語
呼之欲出，你急得想跳河
而窗外只有一座森林矗立

第二個夢裡
你是一個小男孩
去遊樂園坐過山車，你下來時
雙腳打顫，大汗淋灕
像從一個夢逃離出來的另一個夢
有人從圓環上滑脫，摔成碎片
一連串咕嚕的喉音
那天，陽光刺得你睜不開眼
你上升至頂端，在那兒停了一秒鐘
太陽似乎也停了，送你萬花筒的啞巴女人

從一朵彩雲上吐出紅色與白色的三角形
兔子飄在半空，一觸即散

最後一個夢與月亮有關
月亮說的話
被池塘的銀色漣漪記了下來

六、月輪

月亮是太陽的喻體
永遠看不到她的本相，哪怕在死後
借來的光幽幽地照著你和你的影子
東南西北中
她從中間升起來
她從中間看你
啞巴女人撐著船過來，說上來，上來
但你看不見也聽不見
你在去果園的途中經過一個池塘
往裡投了個小石子，那張銀臉千重蕩漾
你眼裡的鳶尾花
又開了一次

把所有月亮放進同一條河
把所有河放進同一個月亮
把所有眼放進同一個喻體

月亮河，月亮河
載我至彼處
我已厭倦太陽的表演
它的三色旗

月亮河，月亮河
我正駛向你
我已厭倦饒舌的妻子
我要銀色的島嶼

東西南北四個門
一輪明月在中間，照耀你和果園
南門上雕著兩個倒錯的三角形和一行字：
「不可說出它的名」

你左手旋開門，右手
撩開層疊的蔓藤
樹上掛著影影綽綽的言外之意
你要趕在太陽出來前

摘完它們

在此之前你不能說話

你將從東門出去

七、內海

一出東門就到一片大海

鏡面虛無，這個比喻無邊

你脫下衣服，在礁石上深呼吸

水同魚交遊，海抹去你的胎記

回望果園，白茫一片

浪從四面八方拍來，亮出無數反光燈

瞳孔擴張，試圖辨別空無的圖騰

水的喉嚨顫動，海豚翻滾，歡叫如嬰

你已經吃完你所摘的，天國近了

你覺得有物從嘴裡湧出

一群詞語的翅膀，自由的偏旁

滾燙的無色烙印

月亮碎裙上浮動一張男人的臉

呼吸轉換的瞬間，三角形兔子閃現

海鷗紛飛起落，毫不猶疑
你沉默，猛扎入水，舞動雙鰭

平行舌頭

屋頂的孔雀

這年頭擁有這種鳥是一件稀罕事
與擁有別墅不同，郊區無人的別墅像鬼屋一樣堆著
有錢人覺得炫耀一隻孔雀很滑稽

再說沒地方安置牠，也不知怎麼飼養
別墅空著還可以升值，而孔雀被高價賣出的機率
等於早晨在床上被雷劈成九彩膚色

實際上，你根本不知道怎麼用這個怪物
想想孔雀開屏時的所有華彩，漩渦，強度，眩暈
就穿戴而言，牠已接近始祖鳥之類的遺跡

在飯桌上張開十指的男人，已經把自己幻想成孔雀
雖然他們不知道何為孔雀性
以及孔雀開屏時的所有華彩，漩渦，強度，眩暈

在歌劇院張開十指的女人，已經把自己幻想成孔雀
雖然她們沒見過孔雀開屏時的
所有華彩，漩渦，強度，眩暈，否則再也不會說話

就在上週，一位穿黑西服提黑箱的總裁
在街角被一隻從藍色中降臨的藍孔雀劈成了九彩膚色
他被當場送往華彩，漩渦，強度，眩暈

他將遺產全部捐給孔雀研究會
以彌補對孔雀的忽視，它的七彩蜃樓，它的九彩膚色
這年頭擁有這種鳥是一件稀罕事

你根本不知道怎麼用這個怪物
只能把牠放到屋頂上，期待牠能靠自己活下去
這等於早晨在床上被雷劈成九彩膚色

情人

七樓有一間房子空著，否則我們不會住在這裡
我們也許住別的地方，但不在這裡
否則這些花不是我們的，仍在市場上賣
否則我們還奔跑在眾門之間，手握疲倦的鑰匙
不在這裡，這空中花園，我們不會在花園裡相遇
我不知道什麼讓我活著，什麼能讓我死去
什麼藏在我身後的影子裡一路追趕
如果不是你，消失在白晝中的你，直到
我上了樓，打開門，看到你坐在那裡

那裡有一間我們的房子，風聲回蕩
大海搬走後一直空著，除非我領受這空氣的祝福
太陽落下後天還是亮的，不會再黑了
那麼我看到的海水只是一片死灰的藍，你擦亮
我的雙眼說你看你看，我越過你的視線
看到相遇之前的我在花園裡一直空下去
像一個人，像兩個人，像兩個緊抱在一起的

你分開我，用你的此刻與這裡，你的時間魔法
我差點摔倒在自己的房間，你笑了，你說
我還沒有送來那片窗台

平行舌頭

她的手

與我的手組成蓮花，聚攏
上下左右，手心為陰
手背為陽，其間細流貫穿，從花骨朵裡
托出一片水墨山水
托起我，給我鼴鼠的睡眠
我躺在她手上，夢見嬰孩啼哭
遠山還掛著露珠

和我一起做夢吧，以夢為家
她在黑紙上寫紅字
將我這一生押給玄而又玄，爾後
點燃脊背，火苗竄入
生命之機，她用比夜更深的手
探測我的眼，在我濕潤的頭髮間
種下豐饒角，手

是一個紅潤的拉比，比劃

經上的寓言，一個人

拿了主人的錢，種了一個果園

果園繁茂，還了主人的錢

尚有餘裕，主人贊賞他，賜給他

天國，他用哪隻手借

哪隻手還……我用左手旋開她的右手

她轟然打開

我們整夜漫遊於幽靜的山間

晚間

她在洗碗，我像一個部落酋長
蜷縮在扶手椅上，等待夜晚來臨
我的願望都已實現，風可以
催眠我了，有一陣子我想變成她
以她的手觸摸，以她的目光
穿透界與界之間的空無，我究竟
是不是她，或她留下的氣味
我的一生除了做夢還能幹什麼

她在離我不到十個縣城的
一扇門的背後，我在離她不到
十立方米空氣的另一面
有一陣子我想劃破空間，與她
合為一體，但又不願打斷
與生俱來的寧靜，利涉大川
人不能兩次踏進同一條河流
一次也不能，當我踏進她的生活

她圍攏形成早於時間的夜晚

流逝又一次分隔我們

平行舌頭

衣櫃現象學

每次看它，形狀如斯變化
這取決於我的姿勢，如果我站著
它就下沉，但它並不是在
我站立的瞬間沉下去的，但也
不在那之前，我的反像
如果我坐下，它冒出長角直頂天花板
戳出一些近似意識的窟窿
如果我相對地面呈水平，它立刻
聳立成一道薄薄的峭壁
我從客廳走到臥室，它上下顛簸如暈船
有時搶我的內衣，吞我的襪子
我只當它瘋了，它不說話

她說衣櫃太大在客廳有點嚇人
三分之一，但我真不知
她拿它跟什麼相比，如果發洪水
衣櫃就是方舟，永不夠大

把我們也裝進去，窗台的水仙
有不想見的客人就躲在裡面
隔著縫隙，看被擠成斜紋的臉
我們是衣服的客人
這帝國內的帝國，領帶的種植場
最後一塊人類殖民地

東圃

第三世界，聚集

於另一片水域，神聖地

墜入遺忘並

棄絕

陽光仍舊

提供最豐富的

可能性

在人間蒸發

的街角，一個

蘇丹王安坐

緩慢睜開

獨眼，他以賣

神奇腳氣水為生

綠鸚鵡

千隻舌頭停駐

於他圖騰紋身的胳膊
肌肉發達地好色
切分音
愛我，愛
我，愛賓格的
我，他的老婆，一個

韃靼女人
燒旺爐子，烙
焦黑的
大餅
六點，每天清晨

平
行
舌
頭

⊙

我，被帝國晒黑，隱退
入天朝
穹頂的東面
菜市在西

兩座石橋
自舊石器時代
延伸入大陸
其中一座是假的，純粹
作裝飾

下面沒有水，黑稀泥
被顫動的天使蚊子
和多孔植物
催眠

另一座被真實的
水浸透
水是我們擁有
太多的
在南方，支一
那，太多的
水，稀泥
甚至沒有黏土，我們
無法接受黏土，因為
它的西方化
水，稀泥
吧嗒，吧嗒，吧嗒
四濺
當天氣變壞
從二月到五月初

⊙

這裡有

喝柴油的土狼

蹲於橋頭

這將是你找到我的

標誌，我居附近

觀察

油漆剝落的土狼

從水塔上

它們咕嚕的形狀，不像

任何其它事物

嘶嘶地吹笛

製造巨大噪音

在路上

在粉末狀

路上

（沒有林中路）

躲閃，躲閃

但願汝能

此處，無交通規則

左突右閃
左突右閃
四角之風瘋狂推進

很好，很好
很好玩，真的

很快
人將厭倦
未發育的肢體
季風裸露
黃色牙齒
從綠葉叢中
開始咬

我們都是兄弟
在地球的這一邊

⊙

跟著我，緊緊地
否則你將回不到
出發的地方
在天黑之前

跟著我，緊緊地
否則你將回不到
穹頂這一面
在天亮之前

人形
十字軍
將湧出，從海的角落
包圍你
此處，我們對白蟻
擁有表決權

平行舌頭

不要驚恐
當它們像那樣湧出
像亞洲的
孩子
不要咬我的手，為
更好的空氣，我，也
吸入，呼出，身份不明之物
那雜色風暴

不健康，不健康

一件禮物
變成詭異的東西，不可
驅逐的

我尚未
獲得
自動免疫

你也不能
此處，此刻

⊙

不要進入隧道
天黑以後，那是
鼠人們的。我交叉穿越
過一次，跟一個
白髮女人

她請求我默想
星座的
名稱
迷宮中，一切方向
溶化在她

與不可分配者的
面對面
之夜色中

當我的一些
出來
左手變成
右手
你應看清我們的處境
你一定不要假定或以為
太多

頭腦簡單地
心胸寬廣地

⊙

這是另一個
越南
亞洲腹地，章魚
巡邏，夜間
頂著燈籠
水母展開折扇

賣花姑娘染臉

以花粉，她打開人魚尾

於屏風後

深紅，翠綠，呼嘯而過

這是另一片

水域

夜晚

一塊變暗的瑪瑙

再見，賣花姑娘

你和我登上

一艘呼吸的汽船，讓我們

割開轟鳴的魚流

悸動的眼睛

觀看

透明的左突右閃

左突右閃

於第三帝國的

深淵

⊙

是的，有一些

飯店，但什麼也別吃

我不願看到你
脾胃虛弱地
栽倒大馬路，最近的
醫院，必須要騎馬

醫生是一個類犀牛
族人，我曾經
鼻子長瘡，他單腳擊打
桌子，問，你是否有
性病史

你一定不要假定或以為
太多
頭腦簡單地
全心全意地

當太陽的威力讓
我們挨餓或
無家可歸

此處，此刻

為了遇見你，我必須離開

⊙

自然
你想知道關於
碟形登陸器
陌異人，是的，它
仍蹲於
北方麵食店門口
上兩把鎖

我不知道
它們是否已出艙
或何時歸來

這個
冬天異常溫暖
你看我手掌
狀如紅色肺結核
書上說，這是
一個暗喻
關於
睡夢中諸神的
隱退

天氣變壞

這些天

我不再過度閱讀自己

巡遊的多語言者

在不可去蔽的

諸水域

之間

歷時性地

感染，受苦於

夜間盜汗

在白天

當你走後

我就變回圓球
天地間滾來滾去
壓壞公共路面
揮舞喀秋莎頭巾
騎馬，咯噔咯噔
從基輔到巴黎
對著鏡子狂叫
我是印第安的王
他們剝光了我

反過來，我也開始
拔烏雞的毛
教蝸牛怎麼飛
整夜焚燒螢火蟲
聽陌生鳥啼血
將睡眠推遲入
夢話盛開的春天

餓了就咀嚼玫瑰
直到嘴唇發紅
印堂發亮

你走後，我的
合眾國紛紛解體
眼珠反對耳朵
舌頭推翻鼻子
你走得太匆忙
忘了留下康德的統覺
我是玻璃造的
衣櫃有紅的甜味
你看我的感官
仍進行奇妙的綜合

一個螳螂大臣趁我
目光渙散
偷走我的銅鼎
算了，下次
逛街再買一個
刻上大大的
「東圃元年宣敕」
我現在只穿內衣

不刷牙，不早朝
奏章堆積在廚房
半夜練習盤腿
無處不在，虛室
生出紅白相雜

附：我收了一大群
　　太極拳徒弟
　　他們稱我國師
　　送我毒蠍子藥酒
　　等你回來嘗嘗

巴拉圭夜晚

太陽落下巴拉圭，岩壁暗紅
蕨類植物中一把吉他在彈
巴拉圭流汗了，夜風為它抹油

芭蕉葉托起喜鵲，花裙子舞動
轉圈，轉圈，赤裸男人擊掌為號
巴拉圭叢林跳出一隻隻火狗

咬自己的尾巴，紅眼睛
飢餓的胃吞噬濕熱叢林
有一座褐色沙發可以休息

有一個白色帳篷可以手術
巴拉圭有許多好醫生，治療
靈魂的厭食症，肥胖症

他們來到夜間的叢林
陪火狗跳舞，跳舞，直到日出

觸摸

手向外畫圓，抹出
一張臉，先是額頭，然後鼻子，耳朵
黑暗中弧光閃過
按下那個空氣按鈕
柔軟的雕塑
我們枕著羽毛
夢見飛升

工具的命運

它們大量產生時，世界正進入一個
加速建設的時期。它們在牛棚裡還沒睡醒
就被叫起來投入一場場熱火朝天的運動
錘子邊擊釘子邊打哈欠，輪子邊摩擦地面
邊流口水，鉗子擰緊螺帽後倒下繼續睡
你能看到它們半睜的眼睛，力不從心的笑容
嘴角歪斜，像在嘲諷精力旺盛的一隻隻手
不顧晝夜地生產，生產，掄起
放下，掄起。光與影的鑄造令它們疲倦
它們閉上眼睛，渴望殘廢，報廢，上不了手
脫手而去。錘子掄脫，飛向漆黑的太空

它們冒然接受
塑造或砸碎另一些與它們類似事物的任務
但對此一無所知。一把手槍並不知道自己結果了
某個與之命運相似的敵人，它只是機械地發抖
像做了一場夢。我們隨時會做這樣的夢

夢見自己成為一把槍或者開槍。有趣的是，工具
在夢遊狀態中保持了超然於歷史之外的獨立性
對於一切的建造與拆毀，它們都不置一詞
開槍後冒出的火藥味多像悠然的煙圈，開槍
就是卸掉子彈的重負，一個放鬆的過程
就算綁上自殺性炸彈，它也不會發表演說
譴責將自己綁上炸彈的那隻手，工具即沉默
它一點都不緊張，可以說，它是自己綁上去的
那隻手，那隻手反倒成為它的工具
它如此使用自己，彷彿自己不再是自己

它們躺在那兒，彼此隔一定距離，相互照看
當其中一個被揀起來，那地方出現一塊空白，其他的
開始擔心，擔心那塊空白，一個「一」消失了
下一個消失的是我嗎。它消失後有幾種可能
它可能回到原處，重新佔據那個空白，喘口氣
躺一會兒，畢竟工具有自我持存的特性
不會被輕易毀滅。或者，它竟一去不返，消失在
一項「重大任務」中，為工具的全體贏得驕傲
很快它的同類也就是另一個它，將佔據它現有的位置
一個榮耀的崗位。工具全體熱烈歡迎新成員
但很快它將走出那扇門消失。還有一種可能
它消失後一個位置永遠空出來了

這時，它不再作為工具被紀念，在某些心靈中它被罩上一層光暈，不再是一件工具，或者說它有了一張臉。這是工具能達到的最佳命運

水之梯

攀爬於無形崖壁

夢遊的但丁，太陽從右手邊落下

此刻黑衣人越過伊斯坦布爾，泡沫噴湧

但丁浮在海面上，如發酵的水母

映出最後一縷紅光

大海托起他的肢體，疲倦融化成水

森林的呼號融化成水

希臘人的面目慢慢模糊，水平線

包裹他的皮膚，溫柔，藍色

他感到一陣透明

滿溢而出，填滿體內那個陰慘冰窟

你不再需要穿過

日落後無法穿過的那條線

這就是終點，你無法再迷路

康乃馨

千層紅唇，說出你的名字
就比白晝睡得更久

開花，一件多麼殘忍的事
但願你是假的，但願
你有一千次生命

那個癌症女孩戴著你
擺弄陽光在下午的裙子
口裡念著
我這就好了
這就好

太古匯

帝國沒有影子
兩個變成一個，一個變成兩個

三葉蟲擠滿負一層
三葉蟲探出頭來，相互耳語

我們來這兒尋找猛瑪象
它的皮在櫥窗

我們來這兒尋找你
遺失在記憶與未來之間的

拐角處的路牌遮住你
一個聲音說，我們都很老了

空眼眶從頭頂注視我們
永恆想說點什麼

這液化的天堂

你一直在它體內升降，閃爍

平
行
舌
頭

玫瑰

憤怒把你映紅了，純粹的憤怒
紅心王后
你嘴唇發黑，在暖氣房顫抖
被一道目光刺穿了心

黑衣人撿起心的碎片
你們交換眼色，交換
紅與黑的秘密
相互斬首了青春，你戴著他的斗篷
越過無人的邊境線

秋日午後

蛋黃的世界，黃白混沌
我們在雞蛋裡摸索
是與非的骨頭，以有形的手
摸無形的圓，日子長大
我們長大，血肉相連

呼吸之風，將細胞吹成金黃
你吐出一個圓的音
我畫出你心瓣的結
我們骨肉相依，透過那片淡黃
你讀給我聽，我寫給你

夜裡

我們在法國的房子燒起來了
消防隊包圍了巴黎
他們舉起水的雲梯，向火龍噴射煙霧
浮雕熔化，盧浮宮浮起來
他們舉起放大鏡互相照看
說誇張的法語，伸出拇指大笑
他們以為這是巴士底獄

一團煙霧分不清你我，有人吹響號角
有人在夜空中舉起鐮刀和紅旗
那時，我們正飄過塞納河
遙望火焰，我們將失去一切
那時，他們正從大火中
搶走我們的身份證，夜裡一切都已失去
明天我們將不得不說另一種語言

人類的孩子

顫抖吧，綠葉脈絡的天堂
風對著麻雀低語毀滅，毀滅

貓頭鷹緊盯教堂，如自殺性炸彈襲擊者
蝸牛被草葉割傷後流藍色的血

我再也無法忍受
魔鬼的嘲弄與鴿子的喋喋不休

門階上的牛奶瓶啪地一聲倒地
孩子們扔下武器，一哄而散

警察的車終於被盜，他步行回家
天出奇地藍，小草沉重地呼吸

這個季節，男人出門打獵，女人哀悼
鍋裡的兔子，它曾豎起兩隻耳朵

我再也無法忍受
陽光的嘲弄與魔鬼的喋喋不休

平行舌頭

時間之夜

飛機在夜空低飛影響睡眠
剩餘的時間不多了
剩餘的時間在消失
夢裡父親跳向船頭遠去
孤城無雨，瘋瘋病人雲集
剩餘的時間不多了
王子躲進塔樓，天象異常
誰等待最後的鐘響

夜空擠滿隱形的手，夠不到
夠不到時間，時間不多了
流浪漢用涼蓆裹緊身子
未死之人早已化作灰燼
大風吹過白草，書讀到空白之頁
剩餘的時間開始了，滴滴答答
骷髏山整夜燈火通明
時間不多了，人面已徹底猙獰
慈悲，慈悲，慈悲

午後的該隱

太陽擦亮店鋪的銅器，曬乾煙草

兩次喝下骨頭燉血，午後

該隱蹲在天堂門口打哈欠

目光空曠，過於長久的罪

令他面色滄桑，海上飛鳥盤旋

俯衝，叼起銀色小魚

該隱點燃一根煙，看著自己的後代

在大地上生息繁衍，戰爭，流血

死亡，不置一詞

地火

什麼在我四周炸開，氣體膨脹
將粒子擰成漩渦灌入隧道
岩石伸出紅信子，舔我同伴的腳跟
還來不及奔跑腳就流血
我布滿煤灰的雙眼突然明亮
我看見大風把粒子吹成球，灌入一張張嘴
嘴撲倒在滴水的石頭上，被風撕扯
幽靈從裂開的肚腹裡竄出來，一路歡叫
四處衝撞尋找隧道出口
我也被眾多的風推擠著離開火焰中心
沿著嶙峋的黑石攀升
我的臉不時被飄來的骨頭擊中
沒想到地火毀壞這麼多人
地火甚至熔化了我手裡的鑽頭，我的手
不再記得我，黑夜不再記得我
我衝出地面時他們已經忘了我

嘗試

火車衝下山巒，玻璃隧道的盡頭
一個圓弧把你彈回山頂
噢，無法進入的世界，螢火蟲的臉
空中懸掛，它們交談著
隔著玻璃牆呼喊，一個聲音向你暗示
天亮時去，可能突入那個世界

你返回山頭，在燒焦的地方
準備另一次俯衝
山上並非不好，也有些店鋪，它破爛
也能滿足生活，冒煙的樹樁足夠一天柴火
死動物的皮，可以勉強過冬

西伯利亞的雪還未飄到這裡
一些像人的東西
在泥土下面刨，牙關上掛著石鎖
天亮時有一些機會，如果太晚

你將不得不駕著雪橇，奔跑在冰原上
當大雪填平所有山谷

平
行
舌
頭

後革命時代

一切政治我只懂反抗
　　　——波德萊爾

今天天氣不錯
攻佔巴士底獄的好日子
星條旗、銀行旗與藍天互相映襯
華爾街大道光可鑒人
適合留一點血，雖然
走出電梯血跡就消失，雖然
頂樓的人以為我們演的是喜劇

願美元背面的上帝
保佑我們，阿門
願保佑以色列人的上帝
保佑我們，阿門
渴望享樂卻日日壓抑的後裔啊

我們的丹東與羅伯斯庇爾已穿成紅色
拿著小冊子，雖然已過期

這個週末，帶上漢堡和可樂
我們來革一革命，轉一轉圈
看能否顛覆小數點後面的零
能否推翻大理石上的英文縮寫
能否把動了我們麵包的人
綁上高稅率的烤架
把汙衊我們是共黨的人流放到中國

今天，我們決定用鮮血塗抹
紙幣老虎的前額
看它咬爛我們還是讓出王位
雖然這兩者都不夠現實
然而一旦革命
就不能蛻變成修正主義者
我們是流動的鐵水
我們要熔解飢餓的遊戲
坐穿民主的牢底，我們要
把世界談判至創世之初

癮症狗

洪水退去了

我的觀念還停在昨晚的那片白

我

一個毛茸茸的句子

從床底搖出來

叼著三天前的骨頭

三天了，我啃著自己

難道上帝沒留下什麼

可以咀嚼的

以毀滅為己任的他

又行在水面上

甲烷，甲烷，從杯裡溢出

我踮著腳尖經過四根光柱

不願驚醒

龐大之物

一座座通天塔

對於黑暗的習慣性專注

使我白天視力散亂

我看見一片金子溢出窗線，像我的前世

像死海上的漁船

我看見一根根白柱

時間的大水

從我身上漫過，弄濕蝨子

我四條腿的同胞在哪裡

這地方太大了，我走著覺得怕

他們關在哪裡

我經過的地方

都有爆炸後的骨頭形狀

兩頭分叉的白堊

我腳下的光斑，光斑，蝴蝶黃

為什麼閉上眼睛

還有分叉的光

溢出杯子

醒來

什麼風夾緊了我
午後三點，捕獸器的彈片驟然躍起
滑出第三片白，鐵釘啪一聲脫落
螺旋上升著衝出尖頂

我的大腦是一座敞開的礦脈
閃著黑金光，稀疏的幾個採礦者
彎腰拾起雲母般物質
入手化作青煙
他們舉起無形的鏟，沿著神經挖掘
被睡夢之風吹入岩層
被水汽蒸發成透明
隨著鹽的排泄一路醒來

坐車

一大早他雙手投降

吊那兒晃來晃去

像做腰椎牽引術

斷成上下兩截

腳下一小塊鐵皮朝著天堂行駛

他卻往後看

這場仗還沒打，已損失一個夢的兵力

他騰出手來整理衣袖

摸摸胸口

還是熱的

他將活過這炎熱的季節

為了帝國的完成

旅行筆記

途中

　　早晨五點

　　火車睡著了伸出尾巴

　　一隻室內的鳥被綠色晃醒

　　我渴了一夜

　　往北，去找水

　　在沒有水的地方

　　我的身體懸浮於清晨的冷氣流

　　我看見

　　一灣藍果凍躺在山的勺底

　　這一小片淡藍

　　火舌即將舔我的前額

山路

　　這些蜿蜒的窄門
　　露天採石場
　　命運托付給一個矮小男人

　　徹夜未眠
　　眼被樹葉間一道陽光擊中
　　一個急彎就能讓我虛脫

　　地圖上那個黑點
　　慢慢長出了葉子和河流

　　我將在太陽停住前
　　到達
　　約定的地點

鳳凰

　　幾乎算不上一個城，城中城
　　被一條河貫穿，刻意懸空的房屋
　　造了許多去處
　　傳說中的鳥棲於別處
　　連橋也像假的

許多白裙

重複地走失在石板路上

花環令我頭痛

船夫撐起竹竿，人聲鼎沸

她說這兒很美

我們在河邊吃第一頓飯

我看著她

一尊雕像慢慢活了

誰的墓

順流而下去看一座墓

並沒有墓，一塊大石頭而已

刻著關於「知人」的字

他骨灰的幾分之一灑在這裡

這裡，據說是他的故鄉

山腳一個書店，賣他的小說和紀念品

門上的遺容對每個人微笑

那屬於他的，早已被他帶走

我們在山頂的一個涼亭

待了一下午，試著

以他的目光看那條河

末遊

離開那隻傳奇鳥

晚上六點，穿過

兩公里長的隧道，到了另一處

姓張的人家的山下

上面雲霧繚繞，空洞無物

在山腳我們猶豫不決

是什麼力量驅使兩個離家的人

在這時刻，來到這大門前

否定的幽靈對她微笑，卻一刻不肯放鬆我

旅館的髒地毯，當地人的臉

胃裡一陣翻滾

我在她耳邊低語，我們必須離開

必須，馬上

覆水難收，我們跳上來時的車

發生一場車禍吧，我禱告

讓我們徹底解脫

上帝的手掌托起切除了胃的旅客

滯留

有時做夢會來這種地方

第三世界國家

靠山吃山，山越吃越多

我們花了兩天看那些

除了在此滯留就不可能看到的

一種蠍子似的爬蟲

在江堤的白石上打轉兒

一個女人追一隻公雞

老人坐在潮濕門檻上咳出前世

教堂鐘聲升入雲霧

我們早晚出入「軍人招待所」

在「小紅帽」喝粥

碰見一家咖啡館

轉上樓梯，漆黑一片

一段更深的樓梯指向三樓

我們扶著欄杆

看被雨弄濕的反光的街道

途經襄陽

站在寬闊的車站廣場
立著箱子，攤開頭腦裡並不存在的地圖

五年前我途經這裡，為了去看一座山
我並未在意途中的，那時它有另一個名字

夜裡街上人煙稀少
我們躺在旅館看黑白片《天使A》

他救了一個三百歲的女天使
他倆站在塞納河旁深呼吸

我想留在這個城市
我們買了車票，明天一早就走

鄭州一晚

一口大鐘在我睡覺時敲響
房間僵硬如石棺
一些不明生物在牆角蠕動
窗外，不遠處一塊墓碑
燙金大字暗示最後一個王朝

夜裡小孩與老人在影子裡玩耍

我們總在夜裡來到一座城

哦，鄭重其事的城，煞有其事的城

掘地三尺，必有金銀

冰凍三尺，非一日之毀

開車的人，別壓我，我只是路過

你們叱吒風雲吧

明早我就離開

新鄉

算不上故鄉，至少不是我的

也不怎麼新，天色依舊，北方的天空

死黃的灰泥，大媽的笑容

北方，以灰暗的方式變清晰

我看見了堅硬的事物

它歡迎我們嗎，它為什麼要歡迎我們

長途車站外，戴墨鏡的男人口音婉轉

房間像皇宮一樣輝煌

前台坐著一個光頭，夜裡有東西在地下挖

往北

她在沉睡，我從夢的赤道跌落

去黑暗中找水

清晨五點，我們跳上最早一班去北方的車

往北，就是河的北面，就是大風，霜凍，白樺林

想像的北方，最後的皇宮，哨兵，瞭望塔

再往北，就是大人國，連綿無盡的大陸，放射型街區

往北，落進另一人的生活

她握緊我的手

我縮小，暖和起來

平行舌頭

讀詩人63　PG1393

 平行舌頭
　　——馮冬詩集

作　　者	馮　冬
責任編輯	陳思佑
圖文排版	莊皓云
封面設計	蔡瑋筠

出版策劃	釀出版
製作發行	秀威資訊科技股份有限公司
	114 台北市內湖區瑞光路76巷65號1樓
	電話：+886-2-2796-3638　傳真：+886-2-2796-1377
	服務信箱：service@showwe.com.tw
	http://www.showwe.com.tw
郵政劃撥	19563868　戶名：秀威資訊科技股份有限公司
展售門市	國家書店【松江門市】
	104 台北市中山區松江路209號1樓
	電話：+886-2-2518-0207　傳真：+886-2-2518-0778
網路訂購	秀威網路書店：http://www.bodbooks.com.tw
	國家網路書店：http://www.govbooks.com.tw
法律顧問	毛國樑　律師
總 經 銷	聯合發行股份有限公司
	231新北市新店區寶橋路235巷6弄6號4F
	電話：+886-2-2917-8022　傳真：+886-2-2915-6275

出版日期	2015年8月　BOD一版
定　　價	280元

國家圖書館出版品預行編目

平行舌頭：馮冬詩集 / 馮冬作. -- 一版. -- 臺北市：釀
　出版, 2015.08
　　面；　公分. -- (讀詩人；PG1393)
　BOD版
　ISBN 978-986-445-023-7(平裝)

851.486　　　　　　　　　　　　　104010032

讀 者 回 函 卡

感謝您購買本書,為提升服務品質,請填妥以下資料,將讀者回函卡直接寄回或傳真本公司,收到您的寶貴意見後,我們會收藏記錄及檢討,謝謝!
如您需要了解本公司最新出版書目、購書優惠或企劃活動,歡迎您上網查詢或下載相關資料:http:// www.showwe.com.tw

您購買的書名:＿＿＿＿＿＿＿＿＿＿＿＿＿＿＿＿＿＿＿＿＿＿＿＿

出生日期:＿＿＿＿＿＿年＿＿＿＿＿＿月＿＿＿＿＿＿日

學歷:□高中 (含) 以下　　□大專　　□研究所 (含) 以上

職業:□製造業　□金融業　□資訊業　□軍警　□傳播業　□自由業
　　　□服務業　□公務員　□教職　　□學生　□家管　　□其它＿＿＿＿

購書地點:□網路書店　□實體書店　□書展　□郵購　□贈閱　□其他

您從何得知本書的消息?
　□網路書店　□實體書店　□網路搜尋　□電子報　□書訊　□雜誌
　□傳播媒體　□親友推薦　□網站推薦　□部落格　□其他＿＿＿＿＿＿

您對本書的評價:(請填代號　1.非常滿意　2.滿意　3.尚可　4.再改進)
　封面設計＿＿＿　版面編排＿＿＿　內容＿＿＿　文／譯筆＿＿＿　價格＿＿＿

讀完書後您覺得:
　□很有收穫　□有收穫　□收穫不多　□沒收穫

對我們的建議:＿＿＿＿＿＿＿＿＿＿＿＿＿＿＿＿＿＿＿＿＿＿＿＿

＿＿＿＿＿＿＿＿＿＿＿＿＿＿＿＿＿＿＿＿＿＿＿＿＿＿＿＿＿＿＿＿＿＿

＿＿＿＿＿＿＿＿＿＿＿＿＿＿＿＿＿＿＿＿＿＿＿＿＿＿＿＿＿＿＿＿＿＿

＿＿＿＿＿＿＿＿＿＿＿＿＿＿＿＿＿＿＿＿＿＿＿＿＿＿＿＿＿＿＿＿＿＿

11466
台北市內湖區瑞光路 76 巷 65 號 1 樓

秀威資訊科技股份有限公司　　　收

　　　BOD 數位出版事業部

....

（請沿線對折寄回，謝謝！）

姓　　名：_____　年齡：_____　性別：□女　□男

郵遞區號：□□□□□

地　　址：_____

聯絡電話：(日) _____ (夜) _____

E-mail：_____